帽子

鉄凝《ティエ・ニン》

飯塚容 訳

私はモスクワのドモジェドヴォ空港で、ハバロフスク行きの便を待っていた。ロシア語がわかる人によれば、「ドモジェドヴォ」は小屋を意味するという。それなら、この飛行場は小屋空港と呼んでもいいわけだ。

それは二〇〇一年夏のことだった。

私は従姉と一緒に、ロシア十日間の旅に参加した。私たちはお互い、最高の旅の道連れだと思っていた。高校の先生が長期休暇の前に、こんな問題を出したことがあった。北京からロンドンまで、いちばん近い到達手段は何か？　答えは飛行機でも、インターネットでもない。友だちと一緒に行くことだ。聞こえのいい答えだが、実際のところ、旅の初めに友だちだった相手がしばしば最後は敵に変わる。私と従姉は北京からモスクワに着いたとき、まだ友だちだった。モスクワからサンクトペテルブルクに着いたときには、もはやほとんど敵になっていた。

原因は——おそらくこうだ。従姉と私はどちらも離婚したばかりで、旅の途中、共通の話題があるはずだった。夫に頼る必要も、煩わされる必要もなく、遠慮なしに前夫の悪口を言うことさえできた。しかし——何と、従姉はモスクワ行きの飛行機の中でもう、新しい恋愛を始めたのだ。私たちの隣席の紳士は同じ旅行団の一員で、すわるとすぐ熱心に従姉に話しかけた。私は二人がむだな駆け引きを演じていると思ったが、すぐにその紳士もいま独身であることがわかった。またとない好機に恵まれたというわけだ。そこで私はようやく、従姉が底抜けの楽観主義者で、しかも他人の歓心を買うのがうまいことに気づいた。私はそこまで楽観的になれない。他人と一緒にいるとまず相手の欠点が見えて、ときと場合を考えず、すぐに不機嫌になる。表情が暗くなり、顔をこわばらせてしまう。それでよく気持ちが落ち込んだ。また、自分がいやになっているときは、ますます他人のことが腹立たしくなる。私は冷たい目で隣席の紳士を観察し、その男が両手の小指の爪を長く伸ばしていることに気づいた。男は右手の小指を立てて、前髪をかき上げる癖がある。薄い灰色の半透明の爪は、西太后が西洋人に肖像を描かせたとき、すべての指につけていた金の付け爪を思い出させた。奇怪で、不潔で、安っぽい。さらに断続的な笑い声が、私の耳を刺激した。

モスクワに着き、コスモスホテルに投宿してから、私は待ちきれずに自分の感想を従姉に伝えた。従姉は笑いながら言った。「客観的に言って、あなたは寛大さに欠けてるわ。客観的に言って、あの人の見識はなかなかのものよ」。そこで、私は従姉に関して、また新たな発見をした。「客観的に言って」という口癖である。何が「客観的に言って」なのか？　従姉が「客観的に言って」を口にするとき、当人が客観的だと誰が証明できるだろう？　むしろ、「客観的に言って」で始まるとき、従姉は偏向した見解を強調しているのだ。だから私は、従姉のこの口癖が大嫌いだった。

「小屋」空港でハバロフスク行きの便を待ちながら、私は従姉と途中で別れた理由を分析していた。それはどうやら、あの隣にすわった男の長すぎる爪と従姉の「客観的に言えば」という口癖のせいらしい。理由としては些細だが、私にすれば容認しがたい。私たちはモスクワからサンクトペテルブルクへ移動した。私は暗い表情のままツアーに加わり、クズニェーチヌイ横町のドストエフスキー旧居を見学した。痩せた老婦人が厳粛な面持ちで、ドストエフスキーの説明をするのを聞いたが、何も頭に残らなかった。覚えているのは老婦人の口元の皺が、何度も加熱したためにしぼんでしまったシューマイに似ていたことだけだ。老婦人が、ドストエフスキーのひ孫が現在、旧居のある地区で路面電車の運転手をしていると言ったことも覚えていた。その事実に私は、他人の不幸を喜ぶような快感を抱いたのだ。ドストエフスキーはロシアの大文豪だが、その末裔には路面電車の運転手もいるではないか。私の母親も作家だったが、私は期待どおりに傑出した人物になることができなかった。私の就職も結婚も、母親を悲しませた。だがそれにしても、私は首都の国家公務員なのだ。母親の書斎や文学に興味を感じたことはない。そこで私は、従姉とその新しい男友だちが身を寄せ合って、ドストエフスキー旧居の玄関の売店で、肖像が印刷された栞を買っているのを見たときに決心した。二人から離れ、一人で先に帰国しよう。私は宿泊先のスモルニーホテルに戻るまで待てず、引きつった笑みを浮かべながら従姉に考えを伝えた。従姉は、ちょっと驚いて言った。「客観的に言って、あなたは子供っぽい性格ね。あと四日で、一緒に帰れるのに」。私は心の中でつぶやいた。あなたの「客観的に言って」と、これでさよならできる！

　私は直接北京に戻りたかったが、それは無理だった。旅行社によれば、予定通りのルートで出国しなければならないという。モスクワからハバロフスクへ飛び、汽車に乗ってシベリア経由で中国の牡丹江に入るのだ。これは面倒だが安上がりな路線らしい。そこで、私は旅行社の言に従った。二〇〇一年夏の夜、私が古めかしくて混雑している「小屋」空港で奇妙な味のクワス〔ライ麦と麦芽を発酵させて作った清涼飲料〕を二本飲み終わったとき、ようやくハバロフスク行きの便が到着した。旧式のツポレフ一五四である。乗客の流れに従って機内に入ると、ほとんどが極東から来た人たちだった。ハバロフスク人が多いのだろう。モスクワ人と私のような外国人は、ごく少数だ。私はそもそもロシア語がわからないので、彼らの発音の差異を聞き分けることなど不可能だった。だが不思議なことに、直感でモスクワ人とハバロフスク人の区別ができた。私の座席は後方の通路側で、機内に敷かれた赤と青の縞模様の絨毯がよく見える。絨毯はすでに汚れていて、模様がはっきりしない。飲み物や食べ物のシミは逆に目だっていた。太った中年の客室乗務員がゆっくりと手を伸ばし、乗客が頭上の荷物入れを閉めるのを手伝ったりしている。唇からはみ出した口紅は、彼女たちの心が上の空であることを示すと同時に、乗客に合図を送っているようだった。この飛行機は融通がききます、お客様が機上で何をしようと自由です、と。

前の列は若い男一人と女二人のグループで、私が機内に入ったときから、笑ったり叫んだりする声が響いていた。男は明らかにモスクワのニューリッチで、色艶がよく、髪も清潔である。きれいに整えられた爪は、選び抜かれた貝殻のように指先で光っていた。両隣の髪をカールした厚化粧の娘たちに向かって、画面の大きいノキアの携帯をひけらかしている。二〇〇一年のロシアではまだ携帯が普及していなかったから、この新型のノキアがいかに娘たちの羨望を集めたかは、想像に難くない。おそらくはその携帯のせいで、娘たちは男につねられても、かじられても、鼻を押さえて酒を飲まされても、髪をつかまれタバコに火をつけるよう命じられても甘んじている。私はじっと彼らのうしろにすわっていた。目の前で動き続けている三つの頭は、まるでゼンマイ仕掛けのチャウチャウのようだ。このニューリッチはきっと、ハバロフスクで商売をしているのだろう。そこはロシア極東地区の鉄道の要衝で、港もあれば航空基地もある。サハリンからのパイプラインのおかげで、石油加工、造船、機械製造などの産業が発展していた。この男は石油を手がけているのかもしれない。しかし、私は彼の商売に興味を感じなかった。飛行機の安全が気になるだけだ。男は携帯の電源を切る意思がまったくない。それに気づいた私は我慢ならず、拙い英語で電源を切るようにと叫んだ。私の顔が怖かったからか、携帯の持ち主はおとなしくなった。男は携帯の電源を切りながら、振り向いて怪訝そうに私を見た。「どうしてそんなに怒っているの?」と言っているような顔だった。

このとき、最後の乗客が二人乗り込んできた。若い女と五歳前後の少年である。女は多くの荷物を持っており、特に丸くて大きな帽子の箱が目を引いた。帽子の箱は手に提げている荷物のいちばん前にあったので、まるでそれが女をリードして進んでくるように見えた。女と子供は、まっすぐ私のほうに近づいてくる。座席は私と同じ列の、通路を隔てた右側だった。彼女が片方の手の小指を、クリーム色の帽子の箱をくくったコーヒー色のリボンに引っ掛けているのがわかった。箱の側面には、ミカンほどの大きさの紳士用の帽子の絵が描かれている。同じ小指の動きでも、この女の小指に対して私は反感を持たなかった。小指をリボンに引っ掛けていることで、女はか弱く、また家庭的に見える。それはハバロフスクの中流階級に属する母子で、モスクワの親戚を訪ねた帰りだった。山のような土産は、親戚からの贈り物もあれば、モスクワでのささやかな買い物もあった。夫は仕事の都合で同行できなかったので、女は特別なプレゼントとして帽子を買ったのだ。私は心の中で、この母子に対する推測の是非を見積もった。

女は慌てた様子で、山のような持ち物に納まりをつけようとしている。まず帽子の箱を自分の座席に置き、重みで赤く腫れた小指を慎重にリボンからはずした。まるで帽子の箱が、熟睡している乗客であるかのように。さらに女は、ほかの荷物を座席の上の収納場所に入れ、最後に帽子の箱を両手で捧げ持って適当な置き場所を探そうとした。しかし、もともと狭い収納場所はもういっぱいで、こんなに大きな帽子の箱が入る余地はない。女は箱を持ったまま、その場で回転し、助けを求めて遠くにいる客室乗務員を見た。乗務員は来てくれない。いちばん近くにいる私も、手伝うつもりはなかった。私に何ができる？　従姉なら、立ち上がって場所を探すふりをしたかもしれない。そういう手を従姉はよく使う。そのとき、前列の長身の痩せた男が座席から立ち上がり、頭の上の荷物入れを開けた。古びたカバンを取り出して通路に下ろし、そのあと有無を言わせずに女の手から帽子の箱を受け取ると、自分の荷物入れに押し込んだのだ。カチッと音がして、荷物入れが閉まった。痩せた男は愉快そうに、女に手を広げて見せた。これで解決でしょう、という意味だろう。続いて二人は言葉を交わした。思うに、その内容はこうだ。女は通路のカバンを指差して言った。あなたのカバンはどうするの？　男はカバンを無造作に座席の下に突っ込んで言った。もともと荷物入れにしまう値打ちのないカバンです。座席の下に寝かせておけばいいですよ。女は感激して笑い、息子の名を呼んだ――サーシャ！　この言葉は聞き取れた。サーシャは、あのモスクワのニューリッチの前に立ち、新型ノキアをじっと見つめている。不本意そうに母親のところへ戻ると、少年は何かつぶやいた。予想するに、母親は窓側の席に少年をすわらせ、ニューリッチから引き離そうとしたのだろう。ところが少年は通路側にすわりたいと言い張った。当然、結局のところ母親に逆らうことはできなかったが。それは茶髪の、ひ弱そうな少年だった。大きな青い目の下まぶたに浅いシワがある。私はよくヨーロッパの子供のみずみずしい顔に、まるで老人のような下まぶたのシワがあるのを見た。そのシワのせいで、子供たちは憂鬱そうに見える。まるで誰もが思慮深い哲学者のようだった。

飛行機が離陸してから、私は右側の女を観察した。どうも、その顔には見覚えがある。私は思い出した。作家だった私の母親の書棚で見た『ゾーヤとシューラ』という本に載っていたゾーヤだ。その写真と私の右隣の女はよく似ていた。栗色の髪、楕円形のあご、意志の強さを示す目は少し寄っている。ゾーヤは私の母の世代にとって、心の英雄だった。私のような六〇年代生まれからすると、あまりにも遠い存在だ。その当時、私はゾーヤの写真を見て、興味を持ったのは彼女の髪型だった。彼女は祖国防衛戦争の英雄だが、ファッションの面から見ると、カールした短い髪が時代の先端を行っている。当時、私はその髪型が好きで、ゾーヤの名前を覚えた。いま、飛行機の隣の席にすわった女をゾーヤと呼ぶつもりはない。私は適当にイリーナと名付けた。ロシア人にその名前があるかどうかは、どうでもいい。私はただ、隣の女にイリーナという発音がふさわしいと思っただけだ。うしろに束ねた髪、細い肩、保守的に過ぎる格子柄のスカート。女にしては大きな手は白かったが、指の関節の部分が赤らんでいる。褐色の目を細くして、まぶたを震わせ、静かに帰宅を待っている様子はまさにイリーナで、ゾーヤではなかった。機内放送が乗客に告げた。この飛行機の飛行時間は九時間ほどで、明朝ハバロフスクに到着する。十分後に夕食を提供するが、アルコールおよびその他の食品は有料でのサービスとなる。

私はそそくさと、冷めた夕食を平らげた。ピクルス、マトンのミートボール、それに脂っこいボルシチである。目を閉じて、しばらく眠らなければならない。ハバロフスクは最終目的地ではないのだから。私はさらに、そこから夜行列車に乗らなければならなかった。そう思っただけで疲れを感じてしまう。人間はどうして、旅行なんかするのだろう?

目を開けたとき、私は機内に変化が起きていることに気づいた。多くの乗客は寝たままで、変化はイリーナの前の座席で起きていた。あの長身の痩せた男がうしろを向いて椅子に肘をつき、座席にひざまずいてイリーナと話をしているのだ。男の口には痩せた顔と不釣り合いな、白くて大きな歯が生えていた。顔をうしろに向けて、ひざまずいている格好には無理があり、卑屈に見える。そもそも、サイズを間違ったのではないかと思うほど短すぎるジーンズの上下が、すでに卑屈な印象を与えていた。表情は興奮に満ちていて、手に一本のバラを持たせれば、公園で見かける求婚者の銅像さながらだった。イリーナは相手の目を直視していなかったが、かといって反感を抱いているわけでもない。二人はモスクワの印象を語っているのだろう。いや、違うかもしれない。とにかく、二人とも熱が入っていた。客室乗務員がやってきて、痩せた男の姿勢に注意を与えることはなかった。ただ、イリーナの隣のサーシャが顔を上げ、男に警戒の目を向けている。本当は眠くて、上のまぶたと下のまぶたがくっつきそうなのに。

その後、男はようやくサーシャの様子に気づき、コールボタンを押して客室乗務員を呼び、コーラとソーセージを注文してやった。果たしてサーシャは表情をゆるめ、母親の黙認の下、男からの贈り物をはにかみながら受け取った。片手にソーセージ、片手にコーラを持ったサーシャは予期せぬご馳走を前にして、どちらから先に口をつけようか迷っていた。男は、鉄は熱いうちに打てと思ったらしい。サーシャのほうへ長い腕を伸ばし、座席の交換を求めた。機嫌を取ろうとして、自分の座席のよさを力説した。通路側、まさにサーシャが希望していた座席だ。サーシャがためらっているのを見て、イリーナは顔を赤らめた。まるで、男と共謀しているみたいではないか。しかし、イリーナは男の提案を拒否しなかった。何も言わず、両手を何度もこすり合わせていた。男は激励を受けたかのように、立ち上がってやってくると、サーシャのわきの下に手を伸ばした。サーシャを座席から引っこ抜き、前列の自分が元いた場所に移動させた。「元いた場所」というのは、適切な表現かもしれない。なぜなら、座席の移動は男とイリーナの関係の新たな出発点を示していたから。それ以前に、二人の間には何らかの関係があっただろうか?

男は念願かなってイリーナの隣にすわった。長い足を組んで、体をイリーナのほうに傾けている。先のとがった革靴は、かかとが歪んでいた。グレーのナイロン靴下は中国産だが、ほとんどの中国人はもうはかないもので、足首の部分に小さな穴が開いている。タバコの焼け焦げだ。どうやら、男は金持ちではないらしい。しかも、機内のものは驚くほど高い。ところが、男はまた散財をした。もう一度コールボタンを押して客室乗務員を呼び、イリーナと自分のために赤ワインを注文したのだ。客室乗務員はグラスも一緒に持ってきて、ワインの栓をあけた。二人は同時にグラスを挙げ、まさに乾杯しようとしている、何か言おうとしている様子だった。何かが起こる前の準備段階のようだ。イリーナは緊張の面持ちでグラスに口をつけ、ワインを少しだけすすった。まるで、その酒がやけどしそうに熱いお粥であるかのように。男もワインを一口飲んだ。そしてすぐ、自分のグラスをイリーナのグラスに合わせた。挑戦的に、自分の肩を相手の肩にぶつけるように。イリーナのグラスの酒が揺れた。イリーナは恨めしそうに、男に笑いかけた。私はこういう恨めしそうな笑いが苦手だ。それは男女の戯れが始まること、あるいは相手の戯れを受け入れることを意味している。

私は座席にすわり直し、楽な姿勢をとった。右側の男女を観察するためだったのかもしれない。正直言って、このときの私の心境は陰険だった。有名人の不幸を喜ぶ、庶民にありがちな心理に似ていた。イリーナは有名人ではないが、少なくとも品行方正な女だろう。品行方正な女の醜態を見ることは、不思議な満足感を与えてくれる。私は目を凝らして周囲の様子をうかがうと同時に、サーシャに母親のこの有り様を見てほしいと思った。サーシャは夢中になってソーセージを味わっている。私の角度から、その小さな横顔が見えた。私の前列の三匹の「電動チャウチャウ」は、しばらく眠ったあと同時に目を覚ました。起きるとすぐに、また飲食を始めている。機内で買えるものは、ほとんどすべて注文していた。酒を飲むのにグラスを使わず、一人一本ずつラッパ飲み、あるいは回し飲みしている。彼らのだらしなさが、イリーナと痩せた男の慎み深さを際立たせた。さらに言うなら、二人のみすぼらしさを際立たせた。私がそう思ったとき、イリーナはワインのせいで気をゆるめた。男との距離を置いたおしゃべりが、ひそひそ話に変わり始めた。後頭部のまげが、白いレースの椅子カバーを何度もこすっている。ほつれ髪が耳にかかり、彼女の欲望を発露させていた。そうだ。この女には欲望がある。私は心の中で、吐き捨てるようにそう言った。その欲望の気配が、もう私の周囲に蔓延している。それは純粋に主観的な気配ではなく、本当に前方から漂ってくる物質的な気配だと思われた。

　機内前方から、身なりの整った紳士が二人やってきた。視線をイリーナの髪から移して、この二人の紳士を見た瞬間、私は気づいた。あの気配は彼ら――少なくとも彼らの一人がつけているバーバリーの男性用香水に由来するものだった。私は香水に詳しくない。この匂いに敏感なのは、母が使っていたからである。私はからかい半分で、母に尋ねたことがあった。どうして男物の香水を使うの？　母は言った。いいえ、これは男女兼用の香水なのよ。私は母の書棚にあった『ゾーヤとシューラ』を思い出した。若いころゾーヤを崇拝し、年老いてからバーバリーの香水に夢中になっている母のことが、私には理解できない。目の前にいる二人の紳士は、このオンボロ飛行機にとって、天からの授かり物のような価値がある――私たちはいま、天上にいるわけだが。彼らは若くて背が高く、華やかで美しい。彼らは身なりに凝っている。彼らのような身なりをする男は――男性ファッションモデルと高級ホテルに出入りするスリだけだ。彼らは香りを漂わせながら、後方へ歩いて行く。腕につけている重そうな金の鎖と手の甲にびっしり生えている産毛が、薄暗い機内で刺激的な光を放っていた。彼らは私とすれ違い、瞬く間に後部の化粧室に消えた。

　私は怪しい好奇心に駆られて、思わず後方を注視した。彼らは一人が外で待つことなく、一緒に化粧室に入ったはずだ。私は「一緒に」の部分を強調する。このとき、最後尾の空席には客室乗務員がすわり、虚ろな目つきで体を斜めにして、ヒマワリの種を食べていた。明らかに彼女は、いつも機内でこういうことをしているのだ。およそ十五分後、私はついに二人の紳士が化粧室から続いて出てくるのを目撃した。一人がもう一人の曲がったネクタイを直してやっている。私はその光景に興奮する一方、彼らが衆人環視の下で、大胆にも機内の狭くて貴重な化粧室を二人一緒に利用したことに憤りを感じた。ああ、これはまさに欲望を膨張させる飛行機だ。二人の華麗な紳士の化粧室での行為は、情欲の赤裸々な発露につながり、赤裸々な発露はさらに一種の見世物に変わった。なぜなら三十分後、二人の紳士はまた前方の席を立ち、見せつけるように寄り添って、私たちの注視の下、再度一緒に化粧室に入ったのだから。

「私たち」と言ったのは、華麗な紳士が通り過ぎたとき、イリーナと痩せた男も関心を寄せたからだ。痩せた男の右手は、このときすでにイリーナの左肩に置かれていた。

三十分後、その手はイリーナの腰に移動した。

三十分後、その手はイリーナの腰から離れ、太股に探りを入れていた。

夜がふけて、私はもう睡魔に抵抗できなくなっていたが、このひそかな監視をあきらめることができず、眠気覚ましにチョコレートを取り出した。中国から持ってきた「ドフ」のチョコレートである。国内にいるときは何とも思わなかったが、ロシアに来てからは持ってきたものがみなおいしく感じられる。このとき、ずっと寝ないでいたサーシャも眠くなったようだ。前の座席から立ち上がり、母親の姿を見つけて、そばへやってきた。寝かせてもらおうと思ったのだろう。ところが、イリーナはまったく気づかず、痩せた男に身を寄せて内緒話をしている。それを見たサーシャは、さっと私のほうを振り向いた。サーシャと私は期せずして目を合わせた。私はその目に、怒りを読み取った。一瞬にして、サーシャは突然振り向いた理由を私が知っていることに気づいた。一方、私はイリーナの何を見ていたかをサーシャが知っていることに気づいた。その数秒のうちに、サーシャは捨て子のようになってしまった。もともと情にもろい性格ではないが、このとき私はたまらず、サーシャにチョコレートを差し出した。しかし、食べ物に目がないはずのサーシャは、私のチョコレートを受け取らなかった。私の憐れみに腹を立てたらしい。サーシャはまたさっと振り向き、あの交換した座席に戻った。恨みと苦しみを抱えた小さな老人のように、じっと目を閉じていた。

私はイリーナを盗み見た。イリーナはずっと顔を男のほうに向けていて、サーシャが来たことにも立ち去ったことにも気づいていない。

三十分後、男の手はなおイリーナの太股にあった――あるいは、少し上に移動していたか？　それはまるで、彼女の格子柄のスカートに置かれた有形の懸念のようだった。私が重いまぶたを上げるように、何かを見逃さないように、絶えず激励してくれる。しばらくしてから、イリーナは慎重にその手をどけて立ち上がり、前の席へサーシャの様子を見に行った。サーシャはすでに眠っていた——寝たふりをしていたのかもしれない。イリーナは安心して座席に戻った。男の手はすぐにまた彼女の太股に置かれた。イリーナはまた戻ってきたこの手を見て、もう男と話をしなかった。目を閉じて、しばらく眠ろうとしているらしい。同時に、太股の手を気にしていないことを暗示しているようでもあった。果たして、その手は暗示に反応したかのように、すばやくスカートの股間のあたりに移動した。イリーナは痙攣したように体を震わせ、目を開けた。目を開けると、自分の手を男の手に重ね、股間から押しのけようとした。だが男の手は頑なで、少しも譲ろうとしない。まるでイリーナの先ほどの「黙認」と現在の突然の心変わりを責めているようだった。二つの手は力比べを始めた。イリーナが何度も力を込めると、男はようやく妥協したらしい。しかし、あきらめると同時に、男は自分の手をイリーナの手に重ね、自分のズボンの股間に移動させようとした。イリーナの手は激しく抵抗していたが、男はいまさらやめられないと強硬に腕力を振るう。イリーナの手が自分のあらゆる焦慮を解消してくれることを切望しているらしい。二つの手は互いに譲らず、また力比べを始めた。イリーナは劣勢にあって体の平衡を失い、何とか安定を取り戻そうとしている。男に強く握られて充血した手を必死で引き抜こうとした。手の争いによって、二人の表情も厳しくなった。頭を寄せ合うことはなくなり、体をまっすぐに伸ばした。

無意識のうちに顔を上げ、前方を見つめている。まるで、面白い映画がそこで上映されているようだった。

　私は疲れた。そして、この飛行機も疲れているだろうと思った。

　私が疲れを感じたとき、イリーナはついに男につかまれていた手を引き抜き、同時に顔をこちらに向けた。彼女は慌ただしく、私を一瞥した。私は落ち着いたまなざしで、彼女の慌ただしい一瞥を受け止めた。それは、あなたたちのことに興味はないという意思表示だ。イリーナは軽くため息をつき、再び男のほうを向いた。続いて、男に詫びるように、さっきまで握られていた手をぶらぶらさせた。そして改めて、男の手の中に自分の手を差し入れた。今度は男も強引なことをしなかった。二人の手は探り合い、対抗、争奪、談判を経て、最終的にケンカ状態を抜け出したらしい。自分にふさわしい場所を見つけたのだ。二人は指と指を交差させて、手をつなぎ合った。ついに、この夜に終わりがきた。彼らは手をつなぎ合ったまま眠った。今度は本当の眠りのようだ。それはイリーナが男に、この先も新しい可能性がないことをわからせたからかもしれない。

　ハバロフスクに着いた。イリーナと男がいつ起きて、どのように別れを告げたのか、私は見逃した。彼らはすでに見知らぬ人同士のように、別々に歩いていた。イリーナは多くの荷物を持ち、サーシャを率いて先を争うように前方の出口に向かっている。意図的に、痩せた男から逃れようとしているのかもしれない。寝ぼけまなこの乗客たちが、イリーナのあとに続いていた。すぐ近くにいるのはモスクワのニューリッチで、すでにノキアの電源を入れ、大声で誰かと通話している。その次は、あの二人の華麗な紳士だ。ひと晩のフライトのあとでも、彼らの顔に疲労の色はなかった。依然として整った身なり、髪の毛も乱れていない。まるで蠟人形館に陳列されている本物そっくりの蠟人形のようで、昨夜の出来事をすべて夢の中の話にしていた。

八月のハバロフスクの朝は清々しい。この季節の中国の草原を思わせる。空港を出て、私はこのだだっ広い都市の空気を吸い、身震いした。乗客たちはお互いに目もくれず、それぞれの行き先を目指す。空港を出たばかりの忙しい人群れの中で、他人に注目している人を見つけるのは難しい。私も旅行社の現地ガイドを見つけるのに必死だった。だが突然、前方に見慣れたものを発見した——イリーナの帽子の箱だ。それはいま、あの痩せた男が手にしていた。男は私の前を歩いている。大股で、何かを追いかけているかのようだった。私は思い出した。イリーナの帽子の箱は、痩せた男の座席の荷物入れに預けられていた。イリーナは飛行機を降りるとき、それを忘れてしまったのだ。

帽子の箱によって、昨夜のすべてが再び真実味を帯びてきて、私の好奇心も搔き立てられた。私は痩せた男のあとを追った。男は帽子の箱を高く掲げ、イリーナの名前を呼ぼうとしたが、声が出てこない。彼らはお互いの名前を明かしていなかったのだ。これでは、男の追跡は難しい。しかし、イリーナはどこだろう？　さほど人が密集しているわけではないのに、イリーナ母子の姿が見えない。親子は突然、蒸発してしまった。少し歩いてから、男は急に立ち止まり、ある場所に目を向けた。私も立ち止まり、男の視線をたどった。駐車場のわき、ここから数メートルのところで、イリーナが一人の男と抱き合っている。一人の男に抱かれていると言ったほうがよいか。その男は私たちに背中を向けているので、顔はわからない。中肉中背、がっちりした体つき、頭が大きく首も太い。シャツの襟から肉がはみ出すほどだった。イリーナの荷物はひとまず下に置かれ、サーシャが番をしている。サーシャは満ち足りた表情で両親──両親に間違いないだろう──を見上げていた。

この情景は痩せた男を困らせたに違いない。イリーナはちょうどそのとき、夫の肩から顔を上げた。すぐに帽子の箱とそれを届けにきた痩せた男が目に入ったはずだ。イリーナは呆然とし、慌てていたが、なすすべがなかった。痩せた男を見ると同時に、イリーナは私を見たと思う。イリーナの息子、いま有頂天になっているサーシャが私たちに気づくのはもっと早かった。サーシャは警戒と困惑の目で、機上で出会った二人の男女を見つめていた。私たちがグルになって、彼ら母子に不測の事態をもたらそうとしているかのように。すべては数秒間の出来事だった。説明する余裕もないが、間違いが起こる可能性もなかった。そうだ、間違いが起こる可能性はない。私は突然気づいた。帽子の箱を届ける役目に最適なのは私だ。自分のとっさの判断に、またしても私は驚いた。私はかまわず前に進み出て、痩せた男に軽く会釈すると、その手から帽子の箱を受け取った――いや、正確に言えば「奪い」取った。そして急いでイリーナの夫の背後に近づき、夫の肩ごしに垂れているイリーナの手に帽子の箱を持たせた。こうして、痩せた男、私、イリーナは、見事に協力してモスクワからハバロフスクまで続いたリレー競技を完成させたのだ。私は最後の「バトン」をイリーナに渡すとき、笑みを浮かべただろうか？　自分ではわからない。背後にいた痩せた男の表情も見ることなく、急いでその場を立ち去ろうとしていた。

私がすぐに立ち去れなかったのは、そのときサーシャが私に合図を送ったからだ。私を仰ぎ見て右手を上げ、タケノコの先端のように細い人差し指を唇に当てている。絶対に声を出すなという意味らしい。それは威厳の暗示と見なしてよいだろう。私とサーシャは、お互いに昨夜、暗黙の了解にもとづき視線を合わせたことを覚えていた。だから、この合図を無視することはできない。この合図は、サーシャのいたいけな無邪気さを感じさせた。一方、イリーナは私に暗示を与える能力を失っていたようだ。私に感謝することも、最低限の礼儀を尽くすこともできなかった。突然、イリーナは夫の抱擁から自由になり、帽子の箱のリボンをほどき始めた。リボンをほどく手がかすかに震えていることに気づいたのも、私だけだった。イリーナの夫がこのとき振り向いた。とても意外そうに、イリーナの手に急に現われた帽子の箱を見つめている。その顔には見覚えがあった。本当に、その顔はゴルバチョフによく似ていた。

イリーナの手からリボンが落ちた。イリーナは箱を開き、手の込んだラシャの帽子を取り出した。とても美しいグレーで、青空の下を日差しを浴びながら飛翔するハトの羽のようだった。この帽子を見て、ゴルバチョフに似ている夫はうれしそうに笑った。そして普通なら、イリーナは帽子を夫にかぶせただろう。ところが、イリーナは箱を捨て、帽子を自分の頭にはめた。

私は「はめる」という言葉で、イリーナが帽子をかぶったことを形容した。それは夫のサイズに合わせて購入した紳士用の帽子が大きすぎたからだ。イリーナの美しい頭は、鍋にすっぽり納まったかのようだった。帽子が顔の大部分を隠し、口が出ているだけなので表情が読めない。帽子は一瞬のうちにイリーナの礼儀までも隠し、外界との関係を絶った。イリーナには何も見えない。痩せた男も私も含めて。見知らぬ相手であれ、知り合いであれ、挨拶を交わす必要がない。すでに別人になっていると言ってもよかった。夫はもう一度、満足の笑みを浮かべた。妻が紳士用の帽子をかぶったことで、かつてないユーモアを感じたのだろう。その後、一家三人は大小の荷物をさげ、遠くに停まっている旧式の黒いセダンのほうへ向かった。

実のところ、私は昨夜の機内での出来事を誰かに言うつもりはまったくなかった。昨夜、何かが起こったのだろうか？　本当は何も起こっていない。サーシャが唇に当てた指とイリーナが自分の頭にかぶせた帽子によって、私は無言の信頼を感じた。特に、彼らとはもう二度と会わないだろうと思ったとき、この「信頼」は重みのあるものに変わった。そうだ、結局のところ、人間は他人に必要とされることが必要なのだ。私はそう考えながら、遠くのイリーナにもう一度目を向けた。頭の上で帽子が揺れているので、イリーナの姿は少し滑稽だった。だが、客観的に言って、依然として威厳を失っていない。――ここで私は初めて、いちばん嫌いな従姉の口癖「客観的に言って」を使ってしまった。だが、ここで使うのは当を得ていると思う。

私はにきび面の中国の青年がプラカードを掲げているのを見た。私の名前が書いてある。ハバロフスクの現地ガイドだ。私は青年に手を振り、落ち合うことができた。

著者

鉄凝（ティエ・ニン）

1957年、北京生まれ。75年デビュー。河北省作家協会主席、中国作家協会副主席歴任の後、茅盾、巴金の後を継いで2006年に作家協会主席に選出された。魯迅文学賞をはじめとして国家指定主要文学賞を6回、各文芸誌の文学賞を30回余り受賞。長編の代表作に『薔薇の門』『大浴女』、中短篇作品に『おお、香雪』『十二夜』『赤い服の少女』『向かい側』など。主要作品は英語、ドイツ語、フランス語、ロシア語、日本語、韓国語、スペイン語、デンマーク語、ノルウェー語などに翻訳されている。邦訳に『大浴女 水浴する女たち』『棉積み』『第八曜日をください』など。

訳者

飯塚 容（いいづか ゆとり）

1954年、札幌生まれ。東京都立大学大学院修了。中央大学文学部、同大学院文学研究科教授。専門は中国近現代文学、および演劇。著書（共著）に『規範からの離脱—中国同時代作家たちの探索—』『現代中国文化の光芒』など。訳書に余華『活きる』、高行健『霊山』、鉄凝『大浴女』、蘇童『碧奴』などがある。

作品名　イリーナの帽子

著　者　鉄凝©

訳　者　飯塚 容©

*『イリーナの帽子—中国現代文学選集—』収録作品

『イリーナの帽子—中国現代文学選集—』
2010年11月25日発行
編集：東アジア文学フォーラム日本委員会
発行：株式会社トランスビュー　東京都中央区日本橋浜町2-10-1
TEL. 03(3664)7334　http://www.transview.co.jp